ECLAIRCISSEMENS,

SUR le Mémoire de M. l'Abbé MORELET, *concernant la partie historique de la Compagnie des Indes, & l'origine du bien des Actionnaires.*

N'AIMER que les nouveautés, c'est amour propre & présomption ; préferer l'ancien par habitude & par prévention, c'est foiblesse.

Pour se déterminer sur un sistême présenté, le Prince ne doit point examiner s'il est ancien ou nouveau, mais seulement s'il est avantageux à lui & au Peuple, ce qui est la même chose. Mais cet examen de la part du Prince, doit porter sur des principes plus sûrs, & sur des calculs plus étendus, que ceux sur lesquels le Vulgaire raisonne, & décide trop légerement. Ainsi plus la matiere est importante, plus il est du devoir d'un bon Citoyen de la montrer sous toutes les faces, non pas avec ce ton impérieux & décisif, que l'Auteur du Mémoire qui vient de paroître contre la Compagnie des Indes a affecté ; mais seulement avec l'amour de la vérité, sans aucun intérêt direct *à la chose,* (car je ne suis ni Administrateur ni Actionnaire,) & avec une entiere confiance dans la sagesse, & les lumieres supérieures du ROY, à qui seul il appartient de décider souverainement.

Pour arriver au but que je me suis proposé, j'ai crû devoir me renfermer dans quelques réflexions, sur l'avertissement de l'Auteur, à mesure que je l'ai lû. J'en indiquerai les pages.

A

Page premiere. Il ne paroît pas que l'Auteur connoisse bien l'histoire des Compagnies commerçantes, *qui depuis plus d'un siécle & demi ont paru & disparu successivement dans les divers Etats politiques de l'Europe.*

On connoît bien les Compagnies qui ont paru & qui subsistent encore; mais on n'a point entendu parler de celles qui ont disparu, si on excepte celle d'Ostende, que les Anglois & les Hollandois unis ensemble pour ce seul objet, firent abolir. Ce qui prouve combien ces deux Nations craignent les Compagnies étrangeres, & l'étenduë du service qu'on leur rend, en suspendant le commerce de la nôtre.

Elles ne se gouverneront pas sur les mêmes principes : Ce sont cependant les deux Nations les plus jalouses de leur commerce & de leur liberté.

Depuis 1701 on a souvent agité à Londres, s'il seroit plus avantageux pour l'Etat d'accorder la liberté du commerce aux Indes Orientales; les avis ont toujours été pour la négative.

Depuis 1556 jusqu'en 1602 le commerce des Indes fut libre en Hollande; mais depuis ce tems leur Compagnie a toujours subsisté. C'est que la raison & l'expérience leur ont appris, que quand la liberté d'un commerce tourne au préjudice d'une Nation, l'exclusif devient sagesse. Le Plaidoyé du fameux Jean de Witt en faveur de la liberté, cité par l'Auteur (page 182) ne me convertiroit pas. Ce fameux Politique connoissoit mieux les intérêts des Princes que la nature du commerce des Indes Orientales, dont il faut avoir fait une étude particuliere. D'ailleurs, ce Plaidoyé ne rouloit que sur le commerce d'exportation, & Jean de Witt se trompoit encore : son sentiment alors n'avoit qu'un éclair d'énergie, mais il se seroit épuré par l'expérience.

Quoi ! parce que des Négocians de Roüen, qui vouloient faire pour leur compte particulier le commerce des Indes, se réunirent en un corps de Compagnie, ils ne firent aucune expédition ? Cela n'est pas croyable. Leur inaction eut sans doute une autre cause, dont l'Auteur ne juge pas à propos de nous instruire, ou il faut que ce seul nom de Compagnie fasse sur lui un effet bien terrible, pour qu'il lui attribue toutes les contrariétés que ce commerce peut avoir éprouvées.

Cependant, de l'aveu de M. l'Abbé Morelet, voici une Compagnie formée par le Capitaine *Regimont*. Cette Compagnie envoya un vaisseau aux Indes. Opération bien brillante, & bien avantageuse à l'Etat ! Ensuite lui & le Capitaine *Ricaut* ont fait des voyages utiles (pour eux sans doute) comme on ne doute pas que les Particuliers qui vont aller aux Indes ne réussissent dans leur premier voyage ; il y a de bonnes raisons pour le croire. Mais si ces Armateurs avoient continué, il n'est pas probable que le Cardinal de Richelieu leur eût retiré ce commerce, au fait duquel ils étoient, pour le donner à une nouvelle Compagnie. Il y a eu sans doute d'autres raisons provenant ou de quelque perte, ou de désunion, ou de cessation volontaire, après un voyage ou deux, où ils ont plus gagné que l'Etat. Car il ne faut pas croire sur la foi de l'Auteur, que l'Etat gagne toujours beaucoup par le profit momentané d'un Particulier. Ce Particulier, par une entreprise qui a apporté un bénéfice dont il s'est contenté pour le reste de sa vie, nous a fait connoître des besoins que nous n'avons pu satisfaire dans la suite, qu'en ayant recours aux Compagnies étrangeres, à qui nous avons porté notre argent. C'est ce qu'on a voulu éviter, en réunissant toutes ces Sociétés particulieres en une seule Compagnie aidée & protegée, &

A ij

dont les pertes même fuffent utiles à l'Etat. Ceci me conduit naturellement à l'hiftoire de cette Compagnie qui fut établie en 1664.

La Direction ne fut malheureufement compofée que de Fi-nanciers, * au lieu de Commerçans. Louis XIV. lui accorda de grands privileges, & ce Monarque honora une de fes affemblées de fa préfence ; mais le fond du commerce de cette Compagnie ne fut pas affez confidérable, pour foutenir le poids de l'entreprife.

Le Miniftre engagea le Roi à donner cinq millions à cette Compagnie. M. de Chamillard lui fit enfuite prêter par le Roi de groffes fommes pour différens befoins : elle fit plufieurs établiffemens dans les Indes ; mais les commencemens étant toujours difficiles & de grande dépenfe, fon adminiftration mauvaife, ayant peu de fonds, & étant obligée de rendre au Roi les fommes que M. de Chamillard lui avoit fait prêter, elle fut obligée de fuccomber, après avoir effuyé l'effet de deux guerres longues qui interrompoient fon commerce.

C'étoit alors un enfant au berceau, mais on ne fongea point à l'étouffer.

Pour ne pas s'oppofer au progrès du commerce des Indes, la Compagnie dénuée de fonds fuffifans ceda des permiffions à des Particuliers. Mais ce qui prouve qu'ils ne profiterent qu'autant qu'ils y trouverent leur avantage particulier, & momentanement, c'eft qu'indépendamment des permiffions ac-cordées en 1682, il y en eut bien d'autres jufqu'en 1715, que l'Auteur ne cite pas. La Compagnie traita fucceffivement en 1708, 1709, 1710 & 1713. L'Auteur ne dit pas non plus combien chaque permiffion fit équiper de vaiffeaux, & où ces vaiffeaux firent leur retour. Cela eft pourtant effentiel à con-noître dans l'efpéce préfente.

Tout ce que nous ſçavons d'après les mémoires écrits dans ce tems-là même, c'eſt que les Malouins à qui la Compagnie avoit permis en 1714 de faire le commerce aux Indes, ne le continuerent pas. Malgré leur habileté & leurs richeſſes, ils ne firent que quatre millions de fonds ; leurs retours ne conſiſtoient pas dans la ſixiéme partie des marchandiſes néceſſaires pour le Royaume ; celles qui nous manquoient étoient eſtimées à plus de 12 millions. Nous les recevions des Compagnies étrangeres avec un profit pour elles de 4 à 5 millions. C'étoit donc un objet au moins de 15 millions, formant un capital de 300 millions, dont l'Etat ſe reconnoiſſoit Débiteur envers l'Angleterre & la Hollande.

A en juger par les progrès du ſieur Crozat à la Louiziane, on peut conjecturer ceux de ces trois Compagnies établies en 1679, 1685 & 1698 pour le commerce des Indes Occidentales. L'Auteur auroit dû en rendre compte, & nous prouver l'injuſtice qu'on leur a faite, en le leur retirant pour en donner l'excluſif à la Compagnie. Page 19.

Eſt-il quelque Compagnie particuliere qui ſacrifiant ſon intérêt au bien général, eût rempli à crédit les Colonies Françoiſes, de Noirs, qui les ont mis en valeur ?

En eſt-il qui eût verſé en pure perte pour elle 25 millions à la Louiziane ? Cette Colonie proſperoit alors par les ſoins de la Compagnie : a-t-elle beaucoup augmenté depuis que la Compagnie a ſuplié le Roi d'en recevoir la retroceſſion ?

Quant au commerce de la mer du Sud, il étoit libre, à l'avenement de Philippe V. au Trône d'Eſpagne. Le bénéfice que les Particuliers en retirerent d'abord, les engagea à y envoyer imprudemment une ſi grande quantité de marchandiſes, à l'envi l'un de l'autre, qu'ils ruinerent tout-à-fait ce commerce, & en occaſionnerent l'interdiction. Les Anglois en profiterent adroitement, pour en former leur Compagnie du Sud qui fubfifte encore, ainfi que celles d'Afrique (quoiqu'à charge au Gouvernement) du Nord, des Indes & de la Chine. C'eft cet établiffement de la Compagnie du Sud, qui, pour le dire en paffant, a jetté les premiers fondemens de la Banque & du crédit public en Angleterre.

Au refte, je voudrois bien demander à l'Auteur en quoi la Compagnie, *par des vûes étroites & intéreffées, a reftraint les progrès du commerce & de la navigation dans des mers inconnues & éloignées qui embraffent la môitié du globe, & ceux de l'aftronomie, de l'hiftoire naturelle, de toutes les fciences, & de tous les arts qui embelliffent la vie;* c'eft ce qu'on lit, pag. 19.

Qu'il nous informe donc de toutes les découvertes en tout genre que les vaiffeaux particuliers ont faites dans ces fameux voyages, & en quoi ils ont contribué au progrès des fciences, des arts, & de la navigation. Certainement leur intérêt ne les y portoit pas : ils ne cherchoient qu'à épargner des frais inutiles : ils alloient bien vite chercher de l'argent au Perou, de l'or & de l'yvoire à la côte d'Afrique, des pelleteries au Canada, des mouffelines & du poivre aux Indes : qu'ont-ils rapporté de plus à l'avantage des fciences & des beaux arts ?

L'Auteur ne peut nier que la Compagnie au contraire, par une navigation fuivie, a formé un grand nombre d'Officiers braves & expérimentés, qu'elle a contribué à l'augmentation des *claffes* du Royaume, qu'elle a ouvert aux Indes des branches de commerce utiles à l'Etat par une forte exportation, qu'elle a fait des découvertes de terres inconnues jufqu'alors, que fes Capitaines ont cherché, & fe font frayé des paffages nouveaux pour aller & pour revenir, que fes vaiffeaux ont fervi au progrès des fciences & de la Religion, par le paffage fouvent gratuit qu'elle a accordé à toutes les perfonnes que ce double motif a engagées à s'expatrier.

Millionnaires, Aftronômes, Botaniftes, Amateurs de l'Hiftoire naturelle, tous ont trouvé dans le fein de la Compagnie, & dans fes Etabliffemens, des reffources infinies, & en tout genre, pour fatisfaire leur goût, & rapporter dans leur Patrie le fruit de leurs fçavantes recherches.

Après nous avoir fait rouler, jufqu'à l'affadiffement, fur une mer de Privileges excluſifs & de Permiſſions particulieres, l'Auteur nous fait enfin parvenir à l'époque où *les vues étroites* de M. le Régent fe font *obſtinées* à réunir le commerce des deux parts du globe, en une Compagnie à Privilege excluſif.

Voilà ce que l'Auteur a prétendu démontrer dans un Mémoire in-4°. qui fe vend 3 liv. 12 fols, rue du Foin, fans Approbation ni Privilege.

Tel eft fon texte : *on peut juger par le paſſé de ce qui arrivera,* Page 20. *parce que,* dit-il, *les mêmes cauſes produiſent les mêmes effets.*

Avec plus de juſteſſe, & moins de partialité, il auroit dit : *fi les mêmes cauſes ſubſiſtent, elles pourront produire les mêmes effets.*

On verra dans la fuite quelles font ces cauſes, & fi on peut les imputer à la Compagnie, du moins la plus grande partie ; mais auparavant, il paroît néceffaire de foumettre à l'examen de tout Juge impartial une queſtion bien importante.

L'Auteur prétend que la Compagnie n'a pas eu raifon de demander que le Roy l'indemnifât de la perte qu'elle avoit faite fur la Ferme du tabac, en la privant de cette Ferme au moment qu'elle l'avoit fait monter, & que par l'empire du goût & de la mode, elle efpéroit la faire monter encore plus haut. *Elle a abuſé de l'indulgence des Miniſtres.*

L'expreſſion eft forte, & demande que l'on entre dans des détails que l'Auteur ne fçait pas, ou qu'il feint d'ignorer. Il importe beaucoup à la Compagnie d'effacer les impreſſions fâcheufes qu'une pareille affertion peut & doit même avoir fait fur les efprits.

1°. La Compagnie (a) entra en 1718 en pleine poffeffion des Fermes Générales ; car, quoique les Lettres Patentes euffent été enregiftrées dès le mois de Septembre 1717, plufieurs contradictions s'étoient oppofées à leur effet.

2°. A la fin de 1718 la Compagnie porta à 4 millions 20000 liv. la Ferme du tabac qui, fix mois auparavant, n'étoit qu'à 2 millions.

3°. En 1719 la Compagnie ne cherchant à profiter que par des moyens qui s'accorderoient avec le bien & la liberté publique, obtint le 29 Décembre un Arrêt qui révoquoit le Privilege exclufif de la vente du tabac, & qui le convertiffoit en un droit qui feroit payé à l'entrée du Royaume. Ce même Arrêt permettoit à tous les Sujets d'en faire commerce, même de le faire fabriquer..... défenfe d'en cultiver dans le Royaume. Cette précaution étoit fage pour faire valoir le principal produit de la Colonie de la Louiziane ; mais ce n'étoit pas pour fon profit feul que la Compagnie avoit obtenu cette claufe, puifqu'elle rendoit libre la fabrication & le commerce du tabac.

La Compagnie, au contraire, paroiffoit agir contre fes intérêts ; elle abandonnoit des profits préfens & journaliers, pour des retours plus éloignés ; mais l'efprit de commerce bien éclairé, porte fes vues plus loin. Elle prévoyoit, cette Compagnie, que la liberté, la diminution du prix, & la multiplication des Vendeurs augmenteroit la confommation du tabac, dont l'habitude une fois formée ne pourroit plus fe

---

(a) Ce ne font point ici des déclamations. Tout cet hiftorique des opérations de la Compagnie depuis 1718 jufqu'après le *vifa*, eft extrait des Mémoires & Journaux qui furent compofés dans ce tems-là ; on les a entre les mains.

quitter

quitter, & impoferoit la néceffité d'en continuer l'ufage; ufage qui lui donneroit dans la fuite de plus grands profits que fon Privilege exclufif; ce qui eft arrivé: car, fans cette opération, la confommation du tabac & le produit de cette Ferme n'auroient pas été fi forts qu'ils le font devenus.

Ce ne font donc pas feulement les foins des Fermiers Généraux qui ont contribué à faire monter le produit de cette Ferme, comme l'Auteur l'a avancé dans fon Mémoire, pour ôter à la Compagnie des Indes l'honneur de l'invention, & d'un procédé qui, malgré fes cris contre les privileges exclufifs, ne feroit pas imité aujourd'hui.

4°. Le motif des plaintes & des demandes de la Compagnie eft fondé fur l'hiftoire du *vifa* : la voici en peu de mots.

Le Vifa fut créé au mois de Janvier 1721.

Tous les effets qui y furent portés, autres que les actions, montoient à deux milliards 300 millions : ils ne furent réduits qu'à 1800 millions.

Les actions de la Compagnie des Indes tenoient lieu à ceux qui en étoient Porteurs de plus de 900 millions, fuivant leur déclaration fournie à Meffieurs les Commiffaires. Le nombre de ces actions fut réduit à 56000.

Le Roy ne leur affura que 150 liv. de dividende fixe, indépendamment des profits du commerce, ce qui ne faifoit que 8,400,000, & ces 8400000 ne faifoient la rente que de 337 millions, fur le pied du denier 40, enforte qu'il y a eû près de deux tiers de perte fur les actions, qui revenoient ainfi à plus de 16000 liv. tandis que fur les autres effets il n'y eut environ qu'un quart de perte.

Le Roy ne donna pour s'acquitter de ces 8400000 l. que la Ferme du tabac qui, depuis la chûte du fyftême, n'avoit pas rendu deux millions par an, & 300000 liv. de rentes perpé-

B

tuelles; & le capital de la Compagnie fut diminué de 900 millions à 337 millions.

Depuis, il n'a plus été question pour les Actionnaires de ces 337 millions, qui ont formé un des articles de leurs demandes en 1747, sous la dénomination de 1400 millions, *sauf la réduction du visa*. On ne reconnut plus pour patrimoine des Actionnaires que la Ferme du tabac, pour laquelle la Compagnie avoit déja porté au Tréfor Royal 100 millions en billets d'Etat; ainfi il eft clair qu'ils ne reçurent rien pour leurs 900 millions réduits à 337 par le *visa*, car le caffé étoit & eft encore un trop petit objet pour entrer en ligne de compte. Cependant ce Privilege ayant été bien payé par la Compagnie, auroit dû lui être confervé, fur les juftes repréfentations qu'on auroit pû faire. Il en eft de même des autres Privileges dont on a fucceffivement dépouillé la Compagnie, ce qui nous a conduit, comme par degrés, jufqu'à la cataftrophe dont nous fommes témoins. La bafe de cet édifice étoit donc mieux proportionnée à fa grandeur, que ne le prétend M. l'Abbé Morelet. Mais fi chacun en paffant a arraché une pierre du pied de cet édifice, il faut bien enfin qu'il s'écroule.

Le Roy, par fon Edit de 1723, avoit affuré *pour toujours* à la Compagnie la jouiffance de la Ferme du tabac, tant pour encourager la plantation du tabac dans la Colonie de la Louiziane, *que pour affurer de plus en plus l'état & la fortune des Actionnaires*. Tels font encore les termes de l'Edit de 1725 : » Et » d'autant que nous reconnoiffons de plus en plus que fi ce » même fonds de 90 millions (faifant partie des 100 millions » portés au Tréfor Royal en billets d'Etat) qui eft le patri- » moine des Actionnaires, étoit refté dans la circulation du » commerce de la Compagnie, il lui auroit produit annuelle- » lement de bien plus grands bénéfices que ne peuvent être

» ceux de la vente exclusive du tabac, *à quelque somme qu'ils*
» *puissent monter* ; par cette raison, & autres grandes & impor-
» tantes considérations à nous connues, &c. (art. 8.) la Com-
» pagnie des Indes exercera le Privilege exclusif de la vente
» du tabac en son nom, *comme chose à elle appartenante en pleine*
» *propriété*, ainsi & de la même maniere que s'il s'exerçoit en
» notre nom, *attendu l'intérêt public dans cette Compagnie*, dont
» nous entendons soutenir les Privileges de toute notre auto-
» rité......

Le Roy a donc donné à la Compagnie, par un Edit perpé-
tuel & irrévocable, la Ferme du tabac *en toute propriété*, &
il l'a donnée *sans terme limité*; donc la Compagnie *n'a pas*
abusé de l'indulgence du Ministere, en demandant, ou à rentrer
dans son bien, ou du moins à être indemnisé de la perte du
produit réel de ce Privilege, pour lui tenir lieu des 337 millions, à quoi le *visa* avoit réduit sa créance de 900 millions sur
le Roy.

Est-ce sans connoissance de cause que le Roy a donné cette
Ferme à la Compagnie ? Non, & en voici la raison que l'Auteur a passé sous silence ; *c'est que si la Compagnie avoit employé*
dans le commerce le premier patrimoine des Actionnaires, qui étoit
de 90 millions, ce fond l'auroit mis en état de faire des bénéfices
plus grands que la Ferme du tabac ne pouvoit jamais lui en donner,
à quelque somme qu'elle pût monter, parce que les bénéfices du
commerce étant progressifs, ils sont incalculables,

Si cette raison parut assez forte en 1725, combien n'a-t-elle
pas dû le paroître en 1747, lorsqu'elle a été appuyée par d'autres motifs tout aussi puissans.

Ces motifs étoient :

Les 25 millions qu'elle avoit versés à la Louiziane en pure

perte pour elle; & au profit du commerce particulier, ci . . 25,000,000 l.

Les 5859739 l. 7 f. qu'elle avoit verfés en Noirs dans les Colonies de l'Amérique, & dont elle n'étoit pas encore remboursée, ci . . . 5859739 l. 7 f.

Les 2376019 l. 12 f. verfés aux Ifles de France & de Bourbon pour faciliter leur établiffement, ci . . . 2376019 l. 12 f.

La dépenfe pour un Armement en Guerre, inutile, mais ordonné en 1741. 1847566 l.

Perte fur le Commerce de Guinée. 3463414 l.

Id. fur celui du Senegal. . . . 6956785 l.

Id. fur celui de Barbarie. . . . 1358530 l.

La dot de Madame la Princeffe de Modene, dont la Compagnie n'avoit pas encore été remboursée en 1743, fonds mort pendant plufieurs années, ci 2955818 l.

Les Bulles du Cardinal Dubois. . 705129 l.

Ce qu'on avoit forcé la Compagnie de payer en 1726, malgré les promeffes de M. le Régent, & l'exemple de M. Dodun, à l'Adjudicataire de la Ferme du tabac, qui n'avoit rendu que trois millions pour deux années, ci . . 1125966 l.

La privation, depuis 1731 jufqu'en 1747, de la gratification pour les tonneaux d'exportation & d'importation, montant à . . . . . 6596576 l.

Ce qu'on l'a forcée de payer pour la rétroceſſion de la Louiziane, quoiqu'elle eût perdu 85 pour cent ſur les retours qu'elle avoit reçus à compte de ſes créances. . . . . . 1400000 l.

62,645,542 l. 19 ſ.

Voilà donc près de 63 millions qui ont été détournés du commerce de la Compagnie, & dont la plus grande partie a tourné au profit de l'Etat.

Que ſeroit-ce, ſi on ajoutoit à cette ſomme :

La priſe de ſes vaiſſeaux à Louisbourg, rendez-vous indiqué d'autorité.

Les Armemens en Guerre pour la Guerre de 1745, quoiqu'aux termes de l'Edit de 1664, elle eût dû compter ſur les ſecours du Roy, comme les Compagnies étrangeres en obtiennent toujours de l'Etat dont elles dépendent.

La perte de ſept de ſes plus gros vaiſſeaux, & des fonds immenſes (a) qui avoient été chargés deſſus en argent & en marchandiſes. M. de la Jonquieres, ſous le commandement duquel la Compagnie eut ordre de les faire partir, les fit mettre en ligne, & en les ſacrifiant, il facilita le paſſage de la Flotte du Canada.

Enfin l'Armement en Guerre exécuté par M. de la Bourdonnais, qui prit Madras avec les Troupes, les Vaiſſeaux & les Noirs de la Compagnie. Cette Place ſervit d'échange pour Louisbourg.

(a) Près de 100 mille marcs de piaſtres, indépendamment des marchandiſes de çargaiſon.

On trouveroit que par un calcul progreffif des bénéfices que toutes ces fommes employées dans le commerce auroient procurés à la Compagnie, elle a été bien moderée dans fes demandes, & qu'elle n'a pas tant abufé de l'indulgence du Miniftere, que l'Auteur abufe de la confiance qu'on a bien voulu lui témoigner.

Le Roy n'a jamais regardé *comme une petite Compagnie à Privilege exclufif,* (pag. 19) celle qui avoit rendu tant de fervices à l'Etat, à laquelle S. M. a bien voulu être affociée, & dont elle a reconnu pour affocié *tout le Public,* par ces termes : *l'intérêt public dans cette Compagnie.*

Et en effet, qui eft-ce que la Compagnie des Indes repréfente, fi ce n'eft le Corps de la Nation ? Les actions étant commerçables, tout le monde ne peut-il pas y prendre part ? Ces actions qui reftent, ne repréfentent-elles pas les fonds que la Compagnie envoie aux Indes ? & ce fond eft toujours circulant dans l'intérieur de l'Etat. Ce n'eft pas une Société de quelques Particuliers formée pour faire un commerce, & le continuer à fa volonté, fuivant le bénéfice ou la perte. C'eft une Société nationale, inhérente à l'Etat, établie pour faire, *concurremment avec les Compagnies étrangeres,* un commerce fuivi & étendu, & des opérations trop au deffus d'un commerce particulier Les Actionnaires, tels qu'ils foient, gagnent moins que tous ceux qui font des affaires avec la Compagnie des Indes : s'exprimer ainfi, c'eft s'en rapporter fans crainte au témoignage de la plus grande & de la plus faine portion des Sujets du Roy. Voilà cependant ce qu'on appelle *une petite Compagnie à Privilege exclufif.* Le Roy penfoit bien autrement, lorfqu'il fe fervoit de ces expreffions mémorables : *l'intérêt public dans cette Compagnie.* S. M. vouloit dire par-là que, bleffer les intérêts de la Compagnie, c'étoit bleffer ceux du Public, & même les fiens, comme Intéreffé.

Ici nous avons à relever une reticence de l'Auteur : elle lui a fourni une conféquence qui tombe d'elle-même.

Page 21.

En parlant de l'Edit de 1719, portant la réunion de la Compagnie d'Occident à celle des Indes & de la Chine, il n'a garde de rapporter tous les motifs qui y ont déterminé le Roy. Le principal eft le dernier, auquel l'Auteur a fubftitué un &c.

Le Roy expofe d'abord *que ce commerce devenu languiffant fe perdroit entiérement, s'il n'y étoit pourvu, parce que les Particuliers qui ont acquis le Privilege de la Compagnie, étant chargés de lui payer un droit de dix pour cent,* (& de quelque façon que ce foit, il faudra bien le payer au Roy ou à la Compagnie) *ne peuvent faire un commerce de concurrence à l'Etranger,* (voilà ce que les Adverfaires de la Compagnie appellent des lieux communs) *& que d'ailleurs, dans la crainte d'être arrêtés pour les dettes de la Compagnie, ils n'ofent envoyer leurs vaiffeaux à Suratte;* ENSORTE QUE NOS SUJETS SONT OBLIGÉS DE TIRER DE L'ETRANGER LA PLUS GRANDE PARTIE DES MARCHANDISES DE L'INDE QUI SE CONSOMMENT DANS LE ROYAUME, ET DE CELLES PROPRES A LA TRAITE DE GUYNÉE ET DU SENEGAL, QU'ILS PAYENT AU TRIPLE DE LEUR VALEUR, ET SE VERROIENT FRUSTRÉS POUR TOUJOURS D'AVOIR DANS LE ROYAUME DE CES SORTES DE MARCHANDISES; *à ces caufes,* &c. Voilà ce que l'Auteur appelle une tranfition brufque & nullement préparée.

Indépendamment du peu de refpeĉt que renferme cette expreffion pour ce qui eft émané du Trône, & pour la volonté du Roy, qui n'a pas befoin de motifs, on voit, par l'importance de ceux dont S. M. a bien voulu faire part à fes Sujets, qu'elle n'avoit plus qu'à finir par ces mots : *à ces caufes....*

Que l'Auteur donne donc un modele de tranfition plus heu-
reufe.

Page 14. Quand on ignore ce qui s'eft paffé dans les temps précédens,
il eft plus aifé de trancher que de difcuter.

L'Auteur dit vaguement :

» Après l'époque de 1719, où la Compagnie fut autorifée
» à créer pour 25 millions d'actions, cette Compagnie fe trou-
» va enveloppée dans les diverfes révolutions du fyftême....
» la réunion de la Banque à la Compagnie en 1718, augmente
» l'obfcurité. La Compagnie, à cette époque, n'eft plus une
» entreprife de commerce dont on puiffe eftimer le capital &
» les profits.

Ses profits perfonnels, comme on l'a vû, ont toujours été
moindres que ceux qu'elle a procurés à l'Etat, & c'eft ce qui
lui donne plus de droit aux graces & aux attentions du Gouvernement.

Si la Compagnie a été enveloppée dans les opérations du
fyftême, c'étoit pour favorifer des opérations de commerce
& de finance, & concourir aux vues bienfaifantes de M. le
Régent, qui alloient plus loin que celles d'une Chambre de
Juftice, à laquelle ce Prince répugna toujours.

Toutes les opérations de la Compagnie ne font reftées dans
l'obfcurité, que pour ceux qui n'ont pas voulu fe donner la
peine de s'inftruire.

Le Privilege exclufif du commerce de la Louiziane, où le
fieur Crozat n'avoit pas réuffi, ne fut donné à la Compagnie,
que pour la mettre en état de retirer, au moyen des actions
qu'elle créa, pour 150 millions de billets d'Etat, qui perdoient
70 pour cent. Voilà en quoi ce Privilege exclufif fut d'abord
utile à l'Etat. On a prouvé qu'il le fut encore dans la fuite
d'une autre maniere. Ce commerce libre entre les mains des
Particuliers

Particuliers auroit-il operé ce même bénéfice ? Les billets d'Etat retirés, ceux qui resterent sur la place gagnerent 25 pour cent.

En 1719 le Roy donna à la Compagnie le bénéfice de la Monnoie, & la raison en fut fondée sur la bonté du commerce de la Compagnie. *La Compagnie*, disoit cet Arrêt, *pouvoit attirer en France plus d'especes & de matieres que ne feroient des Particuliers, & l'Etat en retireroit un plus grand avantage que si S. M. faisoit continuer la fabrication pour son compte.*

C'est donc par son commerce que la Compagnie pouvoit faire entrer dans le Royaume plus de matieres que des Particuliers. C'est aussi ce qu'elle a fait depuis, non en fabriquant des especes, mais en faisant de grandes ventes, avec l'intelligence que cette importante opération du commerce exige.

Tous les fonds circulans que les opérations de la Compagnie produisirent, servirent à rembourser les rentes sur la Ville, les actions des Fermes (car il y en avoit alors,) les Charges des soixante-dix Payeurs & Contrôleurs, le capital & intérêts des Charges supprimées par différens Edits, les dettes du Clergé, & celles des Etats de Bretagne. Enfin, la Compagnie s'engageoit à prêter au Roy 300 millions, au moyen de quoi la dette de l'Etat se trouvoit réduite à 48 millions d'arrérages, que la Compagnie devoit retenir par ses mains.

Ce fut alors que, pour ouvrir une circulation aux sommes qui avoient servi à faire ces appuremens, on créa en Septembre & en Octobre 300000 actions. Elles furent toutes levées, à la réserve de ce qu'on conserva pour le compte du Roy, qui prit un intérêt considérable dans la Compagnie.

Ces 300 mille actions, jointes aux 300 mille déja créées, en trois différentes fois, formoient un total de 600 mille actions, & un capital circulant de 1675,500,00.

C

Sont-ce là de ces opérations obscures dont il n'est pas né-cessaire de rappeller la mémoire ?

Par ces opérations, les fonds de la Compagnie furent faits en effets dûs par le ROY, & distribués en actions, qui intéres-soient une grande partie de la Nation au commerce : S. M. elle-même y prenoit intérêt : le papier discrédité, en changeant de forme, acquéroit une valeur qui le rendoit propre aux be-soins du commerce, comme l'argent.

Il seroit trop long & inutile de rappeller ici les causes qui renverserent ce bel édifice. La Compagnie en fut la victime plus qu'aucune autre partie de l'Etat, sans en être la cause : car ses Directeurs s'opposerent vainement à quelques opéra-tions forcées qui devoient amener cette catastrophe.

Le dernier sacrifice qu'elle fit avant le *visa*, fut de se ré-duire d'elle-même à 3 millions, au lieu de 4 constitués sur la Ferme du tabac, & ce million servit à soulager le Public des droits sur les huiles, suifs & cartes, & de 24 deniers pour liv. de droits sur le poisson : tout cela faisoit partie de la Ferme Générale, dont elle étoit alors en possession. Et vous, Mon-sieur, sans autre mission que celle que vous avez reçue de votre ami, sans aucun intérêt à la chose, vous avez l'inhuma-nité d'insinuer au ROY (pag. 163) que S. M. est en droit de reconnoître ne devoir que ces 3 millions d'arrérages ! Non, Monsieur, il ne sera jamais nécessaire de lui représenter qu'il doit à ses Sujets toute justice & protection.

On a cru devoir se borner ici au développement de la Partie historique des Privileges de la Compagnie. On s'est flatté que ce détail pourroit satisfaire la curiosité du Public, & instruire peut-être la plupart des Actionnaires de l'origine &

de la nature de leur bien. C'est être ami de l'humanité, que de leur fournir des armes pour fe défendre contre les attaques terribles de M. l'Abbé Morelet. Ce foible effai n'a coûté ni beaucoup de temps, ni beaucoup de travail. Il n'en faudroit peut-être pas davantage pour lui propofer *modeftement* quelques doutes fur le refte de fes décifions.